دار جامعة حمد بن خليفة للنشر
صندوق بريد 5825
الدوحة، دولة قطر

www.hbkupress.com

الطبعة العربية الأولى عام 2022

الترقيم الدولي: 9789927161087

تمت الطباعة في الدوحة-قطر.

مكتبة قطر الوطنية بيانات الفهرسة – أثناء – النشر (فان)

العالي، لينا، مؤلف.

قراصنة خور حسان / تأليف لينا العالي ؛ رسوم فادي سلامة. الطبعة العربية الأولى. – دولة قطر، الدوحة : دار جامعة حمد بن خليفة للنشر، 2022.

صفحة ؛ سم

تدمك: 978-992-716-108-7

1. القراصنة -- قصص للأطفال. 2. قصص الأطفال العربية. 3. الكتب المصورة. أ. سلامة، فادي، رسام.

ب. العنوان.

PZ10.731. A45 2022

892.737 – dc23

202228391512

سلسلة مفتاح الأزمنة

قراصنة خور حسّان

تأليف: لينا العالي

رسوم: فادي سلامة

دار جامعة حمد بن خليفة للنشر
HAMAD BIN KHALIFA UNIVERSITY PRESS

الفصلُ الأولُ

استيقظَ جاسمٌ باكرًا جدًّا اليومَ، قبلَ أيِّ شخصٍ آخرَ في العائلةِ.

في العادةِ، هو آخرُ شخصٍ في أسرتِهِ يستيقظُ من النومِ، تحديدًا أيامَ العطلاتِ.

ولكنَّ اليومَ مختلفٌ عن باقي الأيامِ. إنَّه يومٌ ينتظرهُ جاسمٌ بصبرٍ شديدٍ. فاليومَ سيعودُ جدُّه من رحلةِ «فتحِ الخيرِ»، وهي رحلةٌ بحريةٌ تقومُ بها المحاملُ التراثيةُ، من قطرَ نحوَ الدولِ المجاورةِ وأوروبا. إن تساءلتُم لماذا؟ فقد سبقَ لجاسمٍ أن سألَ جدَّهُ وقد أخبرَهُ بالتالي:

«تحملُ الرحلةُ يا حفيديَ العزيزَ رسالةً ثقافيةً من قطرَ إلى العالمِ، وتُوثِّقُ علاقةَ الأجيالِ بماضي الأجدادِ في رِحْلاتِهم البحريةِ، التي خاضوها بسفنِهم التراعيةِ ومحاملِهم التقليديةِ، وجابوا بها بحارَ العالمِ».

جدُّ جاسمٍ يتكلَّمُ ببلاغةٍ جميلةٍ، وهو يعرفُ معلوماتٍ كثيرةً عن تراثِ قطرَ، ودائمًا ما يسردُها في قصصٍ مشوِّقةٍ لأحفادِه.

أكثرُ القصصِ التي يحبُّها جاسمٌ هي قصصُ البحرِ والسفنِ.

جاسمٌ سعيد جدًّا لأن جدَّه سيعودُ، لكنهُ متشوِّقٌ أيضًا للمفاجأةِ التي وعدهُ جدُّهُ بها.

فجاسمٌ يهوى الإبحارَ كثيرًا، والمحاملَ بكلِّ أشكالِها وأحجامِها. الحقيقةُ أن حبَّ البحرِ بكلِّ ما فيهِ سيطرَ على جاسمٍ، حتى القراصنةُ! نعم، القراصنةُ.

لقد اعتادَ منذُ صغرهِ أن يلبسَ لباسًا تنكُّريًّا للقراصنةِ، ويضعَ الرُّقعةَ السوداءَ على عينهِ مثلَهم.

يقومُ أحيانًا أثناءَ الاستحمامِ بتمثيلِ دورِ القرصانِ، ويسمعُ أهلُهُ صوتَهُ مُقلِّدًا كلامَ القراصنةِ في مسلسلاتِ الأطفالِ الكرتونيةِ التي يحفظُ أحداثَها عن ظهرِ قلبٍ.

في غرفةِ جاسمٍ الكثيرُ من الصورِ للأساطيلِ البحريةِ والسفنِ القطريةِ، وهناك أيضًا مُجسَّماتٌ لتلكَ السفنِ بمختلفِ أنواعِها من سفنِ الصيدِ إلى سفنِ الغوصِ بحثًا عنِ اللؤلؤِ، إضافةً إلى تماثيلَ صغيرةٍ للقراصنةِ، كما يمتلكُ مجموعةً من القصصِ التاريخيةِ والخياليةِ التي تتحدثُ عن القراصنةِ.

يُلامُ جاسمٌ من قِبلِ الجميعِ على حبِّهِ للقراصنةِ، ويكرِّرُ أخوهُ عبدُ اللهِ دائمًا: «القراصنةُ أشرارٌ، كيف تحبُّهم؟»
ورفاقُ جاسمٍ في المدرسةِ يكرِّرون الكلامَ نفسَهُ.

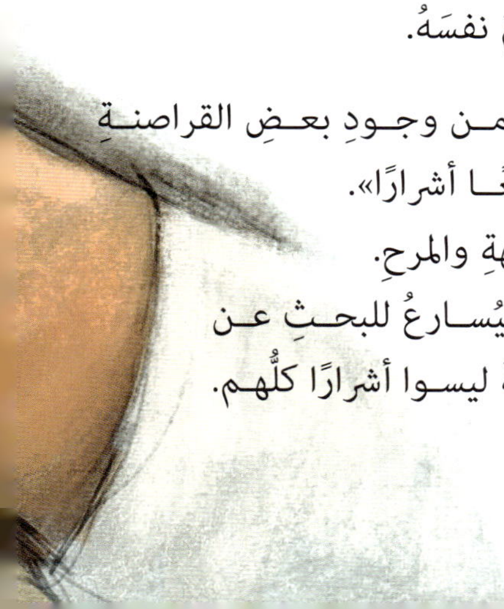

أمَّا جاسمٌ فيردُّ بثقةٍ: «أنا متأكِّدٌ من وجودِ بعضِ القراصنةِ المظلومين. لا يمكنُ أن يكونوا جميعًا أشرارًا».
وفي كلِّ مرَّةٍ ينتهي هذا الحديثُ بالقهقهةِ والمرحِ.
لكنَّ الفكرةَ لا تُغادرُ رأسَ جاسمٍ، فيُسارعُ للبحثِ عن معلوماتٍ تاريخيةٍ تثبتُ أن القراصنةَ ليسوا أشرارًا كلُّهم.

وفي كلِّ سنةٍ، حينَ يحينُ موعدُ انطلاقِ «فتحِ الخيرِ»، يطلبُ جاسمٌ من أسرتهِ أن تسمحَ لهُ بالإبحارِ، لكنَّ الأسرةَ ترفضُ، لأنَّ الرحلةَ للرجالِ من أعمارٍ معينةٍ، ولها شروطٌ خاصةٌ تتعلقُ باللياقةِ الجسديةِ ومعرفةٍ بالملاحةِ البحريةِ.

هذا العامُ كانَ مميزًا. فقد أقنعَ الجدُّ منظِّمي الرحلةِ أن ينطلقوا من خورِ حسانَ، شمالَ قطرَ، وأن يعودوا إليهِ.

أعلنَ الجدُّ بفخرٍ عن الأمرِ قائلًا: «أقنعتُ المنظِّمين أن علينا إلقاءَ الضوءِ على مناطقَ ساحليةٍ عديدةٍ في قطرَ، وليسَتْ فقطُ الدوحةُ. خورُ حسانَ من الأماكنِ التاريخيةِ المهمَّةِ، ورغمَ أنها تُسمَّى الخُوَيرَ حاليًا فإنهُ يجبُ ألَّا ننسى اسمَها التاريخيَّ. إنها تقعُ بالقربِ من الزُّبارةِ، المدينةِ التاريخيةِ المهمَّةِ، ويجبُ أن يسمعَ الجميعُ بها، أبناؤنا والعالمُ كلُّه».

بدا الجميعُ سعداءَ، لكنَّ ذلكَ لم يكنْ حالَ جاسمٍ الذي شعرَ بغُصَّةٍ.

همستِ الجوري لجدِّها: «جدِّي! لماذا يبدو جاسمٌ حزينًا؟»

أجـابَ الجـدُّ: «لا تقلقـي. أنـا أعـرفُ السـببَ، سـأتحدَّثُ معَـهُ وسـينسى حزنَـه كلَّـه».
دُعِـيَ جاسـمٌ إلى مجلـسِ الجـدِّ الـذي قـالَ لـهُ: «أعـرفُ أنـك تريـدُ القيـامَ بهـذهِ الرحلـةِ، حـينَ تُنهـي مدرسـتكَ وتنتقـلُ للمرحلـةِ الجامعيـةِ سـتحقِّقُ هـذا الحُلـمَ».
قالَ جاسمٌ: «لكنَّ هذا اليومَ بعيدٌ».
الجـدُّ: «اصبرْ وسيُصبحُ قريبًا. سأجلِبُ لـك معـيَ مفاجـأةً ستعجبُكَ، وستسـاعدُكَ عـلى السـفرِ مـن دونِ معارضـةِ أيِّ شـخصٍ مـن أهلـكَ، وأوَّلُهـم أنـا».
جاسمٌ: «مفاجأةٌ؟ ما هي؟ ماذا تقصدُ؟»
الجدُّ: «لن تكونَ مفاجأةً إذا أخبرْتُكَ».

أصرَّ جاسـمٌ أن يعـرفَ، لكـنَّ الجـدَّ لم يُفصِـحْ، بـل أعطـاهُ مِفتاحًـا أثريًـا، وقـالَ لـه: «هـل يمكنُنـي أن أطلـبَ منـكَ طلبًـا؟»
جاسمٌ: «بالطبعِ يا جدِّي، سمعًا وطاعةً».
الجـدُّ: «احتفـظْ بهـذا المِفتـاحِ أمانـةً عنـدَكَ، لا تُخرجْـهُ حتـى أطلبَـهُ منـكَ».
أمسـكَ جاسـمٌ المِفتـاحَ، وقـالَ متعجِّبًـا: «كـم هـوَ جميـلٌ وغريـبٌ! إنـه يُشـبهُ المفاتيـحَ السـحريةَ التـي نراهـا في الأفـلامِ».
الجدُّ: «نعم، ستعرفُ قيمتَهُ حينَ يحينُ الأوانُ».
جاسـمٌ: «أنـت تقـولُ الكثـيرَ مـن الألغـازِ اليـومَ، وتجعلُنـي أشـعرُ بالحَـيرةِ والقلـقِ، لِـمَ كلُّ هـذهِ الألغـازِ؟!»
ضحِكَ الجدُّ: «أنتَ ستحلُّها بنفسِكَ حينَ أعودُ».

لم يفهمْ جاسمٌ مَقْصِدَ جدِّه، لكنه كانَ واثقًا من الوعدِ، وقد انتظرَ بشوقٍ كبيرٍ يومَ العودةِ.

وها هو يومُ عودةِ «فتحِ الخيرِ» إلى خورِ حسانَ.

الفصلُ
الثاني

استيقظَتْ والدةُ جاسمٍ في وقتٍ مبكّرٍ، وبعدَ أن صلَّتِ الفجرَ أعدَّتِ الفطورَ.

لاحقًا استيقظَ والدُ جاسمٍ وأخوهُ عبدُ اللهِ وأختُهُ الجوري، وانطلقوا إلى ساحلِ خورِ حسَّانَ حيثُ سترسو محاملُ «فتحِ الخيرِ».

اعتادَ الأهالي على استقبالِ المبحرين في رَحَلاتِ «فتحِ الخيرِ» على ساحلِ البحرِ، حيثُ يلوِّحون لهم عندَ اقترابِهم بكلِّ شوقٍ وحبٍّ.

تتميزُ منطقةُ خورِ حسانَ بأنها منطقةٌ بحريةٌ، مياهُها صافيةٌ دافئةٌ تعيشُ فيها كائناتٌ بحريةٌ متنوِّعةٌ، ورمالُها نظيفةٌ ناعمةٌ مرصَّعةٌ بالأصدافِ المختلفةِ الألوان، كما يوجدُ بالقربِ منها مسجدٌ صغيرٌ، يُحبُّ الجدُّ اصطحابَ أحفادِهِ للصلاةِ فيهِ حينَ يزورونَهُ.

في الطريقِ كانَ الكلُّ يتحدثُ بشوقٍ عن كيفيةِ استقبالِ الجدِّ في حينِ التزمَ جاسمٌ الصمتَ فقد أخذَ يتذكَّرُ ما قالَهُ جدُّه قبلَ سفرِهِ: «سأجلِبُ لكَ شيئًا يسمحُ لكَ بالسفرِ من دونِ معارضةِ أحدٍ من أهلِكَ، وأولُهم أنا».

فكَّرَ جاسمٌ في مَقْصِدِ جدِّهِ، وتساءلَ فيما بينَهُ وبينَ نفسِهِ: «ماذا قصدَ جدِّي يا ترى؟ ما الشيءُ الذي سيسمحُ لي بالسفرِ من دونِ معارضةِ أهلي؟ وما قصَّةُ هذا المِفتاحِ الجميلِ الذي تركَهُ معي؟».

بقيت هذه الأسئلةُ والكثيرُ غيرُها تدورُ في عقلِ جاسمٍ طوالَ الطريقِ من الدوحةِ إلى خورِ حسَّانَ.

وصلت العائلةُ إلى مكانِ التجمُّعِ. كانَ هناكَ عددٌ كبيرٌ من الناسِ. عائلاتٌ أتتْ تستقبلُ العائدينَ، وعائلاتٌ وأفرادٌ آخرون أتَوا للمشاركةِ في هذهِ الفعاليةِ الجميلةِ التي تُحيي جانبًا من التراثِ البحريِّ القطريِّ.

إن ما يُميِّزُ هذهِ الرحلةَ هو روحُ التعاونِ والتكاتفِ بينَ النوخذةِ (قائدِ السفينةِ) والبحَّارةِ، الذين يحافظونَ على تقاليدِ الرحلاتِ البحريةِ القديمةِ بحذافيرِها.

لاحظت الجوري شُرودَ أخيها، فسألتهُ: «ما بكَ؟ لِمَ تبدو شاردًا وصامتًا طَوالَ الوقتِ؟»

شعرَ جاسمٌ بالارتباكِ ولم يردَّ. قالت الجوري: «أعرفُ أن جدِّي وعدَكَ بشيءٍ مميَّزٍ، جدِّي يحملُ لنا الكثيرَ من المفاجآتِ. ذات مرَّةٍ أعطاني مِفتاحًا عجيبًا».

قاطعَها جاسمٌ مستغربًا: «مِفتاحٌ؟!»

أجابتِ الجوري: «نعم، مِفتاحٌ أثريٌّ قديمٌ، وقالَ إنه سيساعدُني ويعطيني أجوبةً عن أسئلتي».

رَغِبَ جاسمٌ في أنْ يسألَ المزيدَ منَ الأسئلةِ حولَ المِفتاحِ، لكنَّ الهُتافَ علا فجأةً. التفت جاسمٌ والجوري في وقتٍ واحدٍ، وشاهدا المَحمَلَ من جهةِ البحرِ.

صاحتِ الجوري: «عادوا!»

ركضتِ الجوري معَ بقيةِ الطفلاتِ المنتظراتِ. وهتفَ الأهالي المتجمِّعون مرحِّبين، وسادَتْ أجواءٌ من الفرحِ والبهجةِ بوصولِ المَحمَلِ.

عانقَ الجدُّ أفرادَ أسرتِهِ، الذين هنَّأوه بعودتهِ الميمونةِ.

وبعدَ فترةٍ من الاحتفالِ بعودةِ المحملِ، انطلقَتْ أسرةُ جاسمٍ إلى بيتِ الجدِّ في منطقةِ خورِ حسانَ.

في البيتِ، وزَّعَ الجدُّ الهدايا على الجميعِ، باستثناءِ جاسمٍ.

وبقيت حقيبةٌ سوداءُ لم يفتحْها.

وظلَّ جاسمٌ منتظرًا دورهُ، منتظرًا المفاجأةَ التي وعدهُ جدُّه بها.

رَنَّ جرسُ البابِ، وحضرَ أصدقاءُ الجدِّ ومعارفُهُ.

انشغلَ الجدُّ بضيوفهِ، ولم يحصلْ جاسمٌ على شيءٍ.

الفصلُ
الثالث

شعرَ جاسمٌ بالخيبةِ والحزنِ، فذهبَ إلى غرفتِهِ وأقفلَ البابَ.
لم يرغبْ في أنْ يتحدثَ معَ أحدٍ، ولا أن يشعرَ بحزنهِ كلٌّ منَ الجوري وعبدِ اللهِ.
كان مُحبطًا وحزينًا، فارتمى على سريرِهِ.
أغمضَ عينيهِ قليلًا، فتخيَّلَ نفسَهُ يُبحرُ في سفينةٍ ضمنَ رحلةِ «فتحِ الخيرِ»، وتستقبلُهُ أسرتُهُ بالترحيبِ والأهازيجِ البديعةِ.
وفجأةً حلَّتْ سحابةٌ رماديةٌ، ولم يعدْ يرى الشاطئَ وأهلَهُ.
أمضى الجدُّ مع ضيوفِهِ حوَالي ساعةٍ، وحينَ همُّوا بالرحيلِ ودَّعَهم، وتلفَّتَ على الفورِ باحثًا عن جاسمٍ.
نادى الجدُّ حفيدَهُ بلهفةٍ. صحيحٌ أنه مشتاقٌ له كثيرًا، لكنَّهُ أيضًا تذكَّر وعدهُ لهُ.
لم يجد الجدُّ حفيدهُ، فخمَّنَ أنَّه قد أُصيبَ بخيبةِ أملٍ.
حملَ الجدُّ الحقيبةَ السوداءَ التي لم تُفتحْ بعدُ وذهبَ إلى غرفةِ جاسمٍ، فهو يعرفُ أنه حينَ يحزنُ يُحبُّ التواريَ عن الأنظارِ منذُ كانَ طفلًا صغيرًا.

طرقَ الجدُّ البابَ ثم فتحَهُ برفقٍ.
دخلَ الجدُّ وجاسمٌ مستلقٍ على السريرِ.
كانَ جاسـمٌ يحلُـمُ بالسـحابةِ الرماديـةِ التـي تُخفـي أهلَـهُ، ثـم رآهـا فجـأةً تنسحبُ ويظهـرُ جـدُّهُ أمامَـهُ.
بالفعلِ، فتحَ جاسمٌ عينيهِ ووجدَ جدَّه أمامَهُ.
قـالَ الجـدُّ: حفيـدي القرصـانَ، لمـاذا لم تسـأل جـدَّكَ عـن المفاجـأةِ التـي طالمـا انتظرتَهـا؟ أعلـمُ أنَّـك انتظرتنـي أشـهرًا».
جلسَ جاسمٌ باحترامٍ، لكنَّهُ لم يعرفْ ماذا يقولُ.
ابتسمَ الجدُّ، وقالَ: «أنت حزينٌ لأنني نسيتكَ. صحيحٌ؟»
هزَّ جاسمٌ رأسَهُ علامةً على الموافقةِ.
الجدُّ: «لا، ليسَ صحيحًا، فأنا لم أنسَكَ».

فتـحَ الجـدُّ الحقيبـةَ السـوداءَ، وأخـرجَ منهـا صندوقًـا خشـبيًّا قديمًـا لونُـهُ بنِّـيٌّ، لكنَّـه جميـلٌ ولـه قُفـلٌ قديـمٌ، تُغطِّيـهِ طبقـةٌ خفيفـةٌ مـن الصدأِ.
طلـبَ الجـدُّ مـن جاسـمٍ الإمسـاكَ بالصنـدوقِ.
أمسـكَ جاسـمٌ الصنـدوقَ متعجِّبًـا، وقـالَ لجدِّهِ: «يـا لـهُ مـن صنـدوقٍ جميـلٍ! لكـنْ، لمـاذا لا يُوجـدُ لـهُ مفتـاحٌ؟»
ضحِـكَ الجـدُّ وقـالَ: «حفيـدي المغامـرَ، قابلـتُ بحَّـارًا عجـوزًا

في جَنَوَى الإيطاليـةِ، قـدَّمَ لِي هـذا الصنـدوقَ، وهـيَ يُسـمى البِشْـتَخْتَةَ، تُحفـظُ فيـه الأوراقُ والأشـياءُ الثمينـةُ، ولذلـك لـهُ قُفـلٌ. أخـبرني البحَّارُ العجوزُ أن في داخـلِ الصنـدوقِ رسـالةً لشـخصٍ يُحـبُّ الإبحـارَ كثـيرًا والمغامـراتِ والقراصنـةَ أيضًـا. لـذا هـو لـك».

سـعِدَ جاسـمٌ بالصنـدوقِ الغريـبِ. أحـسَّ أخـيرًا أنـه سـيتعرَّفُ على الطريقـةِ التـي سـوفَ تتحقـقُ بهـا أُمنيتُـهُ.

تعجَّـبَ جاسـمٌ مـن شـكلِ الصنـدوقِ ومـن اسـمِهِ. حـاولَ تهجئـةَ الاسـمِ: «بخشتشـتة؟»

ضحِـكَ الجـدُّ وهـو يصحِّـحُ لحفيـدِهِ: «البِشْـتَخْتَةُ اسـمٌ لنـوعٍ مـن الصناديـقِ التراثيـةِ».

أمسكَ جاسمٌ الصندوقَ وحاولَ فتحَهُ.

لم ينجـحْ جاسـمٌ في فتـحِ الصنـدوقِ، فقـالَ: «لكنَّـهُ لا يُفتـحُ! كيـف يمكنني قـراءةُ الرسـالةِ؟»

الجدُّ: «تصرَّفْ، شغِّلْ عقلَكَ».

الفصلُ
الرابع

خـرجَ الجدُّ، وبقـيَ جاسـمٌ يحـرِّكُ الصنـدوقَ بـينَ يديـهِ، ويفكّـرُ في طريقـةٍ لفتحـهِ.

فجأةً، دخلت الجوري وهـي تقـولُ: «جاسـمُ! لماذا أنـتَ هنا؟ هـل أنـتَ حزيـنٌ لأن جـديَ نسـيَ هديتَـكَ؟

التفـتَ جاسـمٌ نحـوَ الجـوري، فهتفـتْ حـينَ رأتِ الصنـدوقَ: «يا سلام! ما هذا الصندوقُ الجميلُ؟»

اعتـدلَ جاسـمٌ في جِلسـتهِ قائـلًا: «إنَّـه هديَّـةُ جـدِّي لي، لكنـهُ مقفـلٌ ولا يوجـدُ مِفتـاحٌ».

الجوري: «مِفتاحٌ؟»

هنـا تذكَّـرَ جاسـمٌ لغـزَ المِفتـاحِ. نعـم، المِفتـاحُ الـذي أعطـاهُ إيَّـاهُ جـدُّهُ قبـلَ رحلـةِ «فتحِ الخـيرِ».

أخـذ يفكِّـرُ أيـنَ وضعَـهُ. بحـثَ في الغرفـةِ وفي حقيبتِـهِ وملابسِـهِ. ثـم فجـأةً تذكَّـرَ أنَّـه يضعُـهُ في جيـبٍ سرِّيٍّ داخـلَ حقيبـةِ ظهـرِهِ، بعيـدًا عـن فُضـولِ الجـوري وعبـدِ اللـهِ.

أحـضرَ جاسـمٌ المِفتـاحَ، فصاحـتِ الجـوري: «مِفتـاحُ الأزمنـةِ! هـل هـو معكَ ؟»

قـالَ جاسـمٌ: «نعـم، أعطـاني جـدِّي هـذا المِفتـاحَ وطلـبَ أن أُخفيـهُ في مـكانٍ أمـينٍ.

حينَ قرَّبَ جاسمٌ المِفتاحَ منَ الصندوقِ راحَ يهتزُّ.

صاحتِ الجوري بحماسةٍ: «افتحْهُ! افتحْهُ بالمِفتاحِ العجيبِ».

بتوتُّرٍ وحماسٍ فتحَ جاسمٌ الصندوقَ، ووجدَ داخلَهُ رسالةً!

أمسكَ الرسالةَ وفتحَها، فكادتْ عيناهُ أن تخرجا من مكانِهما.

صاحَ متعجبًا: «الرسالةُ فارغةٌ!»

تأكَّدتِ الجوري منَ الأمرِ، وقالتْ: «ولا حرفَ!».

نفضَ جاسمٌ الرسالةَ مجددًا وهو يقولُ: «ولا حرفَ!».

قلَّبَـتِ الجـوري شـفتيْها وهـزَّتْ كتفيْهـا مُعلنـةً استسـلامَها: «لا أفهـمُ شـيئًا، ربمـا تـسرَّبَ مـاءُ البحـرِ إليْهـا ومَحـا كلماتِهـا؟»

في هـذهِ اللحظـةِ نـادتِ الأمُ ابنتَهـا الجـوري لتسـاعدَها عـلى تزيـينِ الحلـوى، وهـي هوايـةُ الجـوري المفضَّلـةُ.

قالَتِ الجوري: «سأذهبُ لأُزيِّنَ الحلوى وأُحضرَ لكَ قطعةً، دقائِقُ قليلةٌ وسأعودُ.

غادرتِ الجوري وظلَّ جاسمٌ حائرًا مع رسالتِهِ الفارغةِ.

ولكنْ فورَ مغادرةِ الجوري، وبعدَ أن أصبحَ جاسمٌ وحدَهُ، خرجَ نورٌ ذهبيٌّ منَ الرسالةِ وراحتِ الكلماتُ تظهرُ ببطءٍ!

قرأَ جاسمٌ المكتوبَ: «أيها المغامرُ الشجاعُ، هناكَ قرصانٌ يحتاجُ المساعدةَ. نعم، المساعدةَ! سيتعرَّضُ القرصانُ لهجومٍ من البحَّارةِ وسيُنزلون به أشدَّ العقابِ. القرصانُ بريءٌ، لم يسرقْ يومًا لأجلِ نفسِهِ، بل كانَ يستولي على ما يسرقُهُ القراصنةُ الأشرارُ، ويوزِّعُهُ على الفقراءِ. أنتَ الوحيدُ القادرُ على إنقاذِهِ لأنكَ تؤمنُ بوجودِ قراصنةٍ أخيارٍ».

قالَ جاسمٌ لنفسِهِ: «طالما عرفتُ أن القراصنةَ الطيبينَ موجودونَ!»

فجأةً، ظهرَ نورٌ ذهبيٌّ قويٌّ حولَ جاسمٍ، وسُرعانَ ما حملَهُ إلى مكانٍ بعيدٍ.

الفصلُ
الخامس

قـالَ جاسـمٌ لنفسِـهِ: «إنَّـها سـفينةٌ شراعيـةٌ كبـيرةٌ جـدًّا، تشـبهُ التـي رأيتُها في رِحْلاتِ المحاملِ التقليديـةِ في كتـارا وخـورِ حسـانَ».

غمرَتْـهُ أشـعَّةُ الشـمسِ وحلَّقـتْ حولَـهُ النـوارسُ، ومـلأتْ صـدرَهُ نسـائمُ البحـرِ. أخـذَ يفـركُ عينيْـهِ غـيرَ مصـدِّقٍ مـا يجـري.

تجـوَّلَ جاسـمٌ قليـلًا في السـفينةِ، وراقـبَ أشرعَتَهـا وصواريَهـا، ثـم قـالَ محدِّثًـا نفسَـهُ: «أعتقـدُ أنهـا سـفينةُ البـومِ، التـي كانـتْ تُسـتعملُ غالبًـا للسـفرِ، وتتميَّـزُ بتشـابهِ مقدِّمتهـا مـع مؤخِّرتِهـا المدبَّبتـينِ».

بينـما جاسـمٌ يتابـعُ جولَتَـهُ الاستكشـافيةَ في السـفينةِ، وجـدَ نفسَـهُ أمـامَ مجموعـةٍ مـن النـاسِ غريبـي الملابـسِ.

إنَّهم القرصانُ ومساعدوهُ.

صاحَ جاسمٌ: «يا إلهي! لا أصدِّقُ! قرصانٌ حقيقيٌّ!»

اقتربَ القرصانُ من جاسمٍ.

كانَ ذا لحيةٍ كثيفةٍ طويلةٍ، يعتمرُ قبَّعةً كبيرةً على رأسِهِ، تحميهِ من أشعَّةِ الشمسِ، وتغطِّي عينَهُ اليُسرى رُقعةٌ سوداءُ، وتَظهرُ نَدْبةٌ كبيرةٌ على خدِّهِ الأيمنِ.

كانَ منظرُهُ مرعبًا.

فجأةً، أشهرَ القرصانُ سيفَهُ في وجهِ جاسمٍ.

ثم سألَهُ بصوتٍ قويٍّ ولهجةٍ صارمةٍ: «مَنْ أنتَ؟ ولماذا ترتدي هذه الملابسَ العجيبةَ؟ مِنْ أيِّ بلادٍ أنتَ؟»

انقضَّ مساعدو القرصانِ على جاسمٍ وأمسكوا بهِ.

قالَ جاسمٌ بشجاعةٍ: «أيُّها القرصانُ! ألا ترى أنَّني من زمنٍ مختلفٍ عن زمنِكم؟ لقد أتيتُ منَ المستقبلِ

لأساعدَكَ. انظرْ هذه الرسالةَ، ما زالتْ في يدي».
أشارَ القرصانُ لمساعديهِ كي يُبعِدوا أيديَهم عن جاسمٍ، ثم طلبَ منهم أن يُعطوهُ الرسالةَ.
قرأَ القرصانُ الرسالةَ، وقالَ بلهجةٍ هادئةٍ: «كيفَ عرفَ كاتبُ الرسالةِ أنَّني سأتعرضُ للأسرِ؟
أجابَ جاسمٌ: «لا أعرفُ».
القرصانُ: «مَنْ أعطاكَ الرسالةَ؟»
جاسمٌ: «بحَّارٌ عجوزٌ أعطاها لجدِّي، وجدِّي من خورِ حسَّانَ».
القرصانُ: «وأنا من خورِ حسَّانَ، أساعدُ أهلَها قدرَ استطاعتي».
جاسمٌ: «أعرفُ، أنتَ قرصانٌ مختلفٌ، كنتُ أُخبرُ الجميعَ عنكَ، لكنَّهم لم يصدِّقوني».
القرصانُ: «لا يَهُمُّ أن يُصدِّقوا، المهمُّ أن أُعيدَ لكلِّ صاحبِ حقٍّ حقَّهُ».
قالَ أحدُ المساعدين: «لكنَّ الناسَ يعتقدونَ أننا لصوصٌ. هذا ظلمٌ كبيرٌ لنا، ظلمٌ كبيرٌ لكَ أيُّها القرصانُ».
قالَ جاسمٌ بحماسةٍ: «لا تقلقوا! سأُخبرُ الجميعَ! سأخبرُهم أنكم أخيارٌ ولستم أشرارًا، جدِّي سيُصدِّقُني. جدِّي يحظى باحترامِ الجميعِ، وسيُصدِّقونه، إنَّه منْ خورِ حسَّانَ أيضًا».
فكَّرَ القرصانُ قيلًا ثمَّ قالَ: «اسمعْ أيُّها الفتى! تبدو صادقًا، ربما أرسلَكَ اللهُ لتساعدَنا، إن كنَّا سنتعرضُ للهجومِ فعلًا فعلينا الاستعدادُ».
أشارَ القرصانُ لمساعديهِ بإشاراتٍ فَهِمَ جاسمٌ أنها إشاراتُ إعلانِ الاستعدادِ للمخاطرِ.
شعرَ جاسمٌ بالفرحِ لأنَّه سيعيشُ هذه المغامرةَ الفريدةَ.

علـى الرغـمِ مـن أن القرصـانَ ومرافقيـهِ كانـوا متوتريـن.
قـالَ القرصـانُ: «توجـدُ جزيـرةٌ نائيـةٌ لا يعـرفُ أحـدٌ غـيري مكانَها، أحتفـظُ فيهـا ببعـضِ السـيوفِ والبنـادقِ، علينـا إحضارُهـا للدفـاعِ عـن أنفسِـنا» أبحـرتِ السـفينةُ بأقـصى سرعتِها، وحـينَ حـلَّ الظـلامُ، قـرَّرَ البحـارةُ أن ينامـوا قليـلًا حتـى مطلـعِ الفجـرِ.
مزَّقـتْ سـكونَ الليـلِ أصـواتٌ عاليـةٌ وصرخـاتٌ، ثـم تبعتْهـا أصـواتُ القنابـلِ!
صاحَ القرصانُ: «استيقِظوا! إننا نتعرضُ للهجومِ».
شـعرَ جاسـمٌ بخطـرٍ حقيقـيٍّ. صحيـحٌ أنـه تمنَّـى أن يعيـشَ مغامـرةً مثـيرةً لكـنْ ليـسَ تحـتَ وقـعِ القنابـلِ!
دافـعَ القرصـانُ ورجالُـهُ بضَرَاوَةٍ عـن سـفينتِهم، لكـنَّ المزيـدَ مـن السـفنِ الحربيـةِ حـاصرتِ السـفينةَ مـن كلِّ الجهـاتِ.
صاحَ المهاجمون يطلبونَ منَ القرصانِ الاستسلامَ.
اقتربَ جاسمٌ منَ القرصانِ وسألَهُ: «ماذا ستفعلُ؟»
أجابَ القرصانُ: «سأحرِقُ سفينتي بدلَ الاستسلامِ».

أحـضرَ القرصـانُ جـرَّةً فيهـا مـادةٌ حارقـةٌ وكادَ يُـضرِمُ فيهـا النـارَ، لكـنَّ صراخَ جاسـمٍ أوقفَـهُ: «أيُّهـا القرصـانُ! مهـلًا، لقـدْ أتيـتُ مـنَ المسـتقبلِ لأنقـذَكَ وسـوفَ تنجـو. لـذا لا تحـرقِ السـفينةَ».
لم يقتنـعِ القرصـانُ، كانـتْ عِـزَّةُ نفسِـهِ أقـوى مـن أيِّ شيءٍ. لم يفكِّـرْ أبـدًا في الاستسـلامِ. لكـنَّ المحاصريـنَ سـبقوهُ وقفـزوا إلى السـفينةِ بسرعـةِ الـبرقِ وأسَرُوا كلَّ مَـنْ فيهـا.

الفصلُ السادس

وُضعتْ أيادي القرصانِ ومساعديهِ وجاسمٍ في الأصفادِ.

ثمَّ اقتادَهم المهاجمونَ إلى سفينةِ قائدِهم.

كانَ القائدُ أجنبيًّا، يتحدّثُ لغةً عربيةً ركيكةً، ويحملُ بندقيةً، وترتسمُ على وجهِهِ ابتسامةٌ صفراءُ شامتةٌ.

اقتربَ القائدُ منَ القرصانِ وضحِكَ ضحكةً مصطنعةً ثمَّ قالَ: «وأخيرًا وقعْتَ في يديَّ! انتظرتُ هذا اليومَ منذُ سنواتٍ».

ردَّ القرصانُ: «ها قد تحقَّقَ مرادُكَ، فماذا ستستفيدُ منْ أسْرِي؟»

القائدُ: «كثيرونَ سيستفيدونَ، كلُّ مَنْ سرقتَ أموالَهم».

القرصانُ: «لقدْ أعدتُ الأموالَ التي سرقَها اللصوصُ لأصحابِها الطيبينَ».

ضحِكَ القائدُ: «وأنتَ؟ ألستَ لصًّا؟»

القرصانُ: «لا داعيَ لأنْ أُخبرَكَ».

شعرَ القائدُ بالغيظِ، ثم أشارَ إلى مساعديهِ كي يفتحوا بابَ قُمْرةِ السفينةِ.

حينَ فتحوا البابَ خرجَ رجلٌ عجوزٌ، يرتدي عباءةً مصنوعةً من وبرِ الجملِ، ويضعُ على رأسِهِ عِمامةً منَ الحريرِ، ويحملُ في يدهِ مِسبحةً منَ العاجِ.

انبهرَ جاسمٌ بهذا الرجلِ، وحاولَ أن يُخمِّنَ مَنْ هُوَ.

قالَ القائدُ بصوتٍ عالٍ: «ليسَ القرصانُ وحدَهُ في عجلةٍ منْ أمرِهِ، نحنُ أيضًا في عجلةٍ من أمرِنا، ونريدُ أن نُعاقبَهُ ومساعديهِ في أسرعِ وقتٍ».

لم ينبِسِ القرصانُ ومساعدوهُ بأيِّ كلمةٍ، فصاحَ جاسمٌ: «ماذا ستفعلونَ بنا؟ ماذا ستفعلونَ بالقرصانِ؟ إنه ليسَ قرصانًا شريرًا. كانَ يُعيدُ ما سرقَهُ القراصنةُ إلى الناسِ».

انتبهَ القائدُ إلى جاسمٍ وكأنَّهُ يراهُ لأوّلِ مرةٍ: «مَنْ هذا؟ لماذا يلبسُ هذه الملابسَ الغريبةَ؟»

لم يردَّ أحدٌ.

اقتربَ القائدُ منْ جاسمٍ وعيناهُ تقدحانِ شررًا. فهِمَ القرصانُ أن القائدَ قد يُلحقُ الأذى بجاسمٍ فقالَ: لا تقتربْ منهُ! إنهُ قريبي، وقد تنكَّرَ بملابسَ خاطَها بنفسِهِ كي لا تعثُروا عليْهِ».

بدا القائدُ مقتنِعًا. فابتعدَ عنْ جاسمٍ.

تنفَّسَ جاسمٌ الصُّعداءَ.

أشارَ القائدُ إلى الرَّجلِ ذي العِمامةِ وقالَ: «سيدي القاضيَ، كما وعدتُكَ، ها هو المجرمُ اللصُّ. فلنبدأِ المحاكمةَ بسرعةٍ. لدينا

عـددٌ كبـيرٌ مـنَ الشـهودِ.

تدخَّـلَ جاسـمٌ بقولِـهِ: «كيـفَ تُثبتُ أنـه بالفعلِ غـاضٍ؟ ثـم أيـنَ هـم المحامونَ والشـهودُ؟»

دُهِـشَ القائـدُ والقـاضي مِـنْ جُـرأةِ جاسـمٍ ورَجاحـةِ أفـكارهِ، فارتبـكا ولم يعرفـا كيـفَ يُجيبـانِ.

قـالَ القـاضي بصـوتٍ جَهـوريٍّ رصيـنٍ: «بمـا أنـك مِقـدامٌ ومُتكلِّـمٌ لمـاذا لا تكـونُ المحامـيَ؟»

وافقَ جاسمٌ بسرعةٍ قائلًا: «بالطبعِ...»

قاطعَـهُ القرصـانُ: «لا أحتـاجُ إلى مَـنْ يُدافـعُ عنـي، أنـا أُدافـعُ عـنْ نفـسي».

وافقَـهُ القائـدُ: «كـما أنـك أيُّهـا الفتـى ذا الملابـسِ العجيبـةِ متهـمٌ، أنتَ قرصـانٌ أيضًـا. كيـفَ تكـونُ محامـيَ الدفـاعِ وقـد قبضْنـا عليـكَ في سـفينةِ القرصـانِ تتقاسـمُ معَـهُ السرقـاتِ.

رفَعَ جاسمٌ يديْهِ بالأصفادِ وصاحَ: «فتِّشوني! ليسَ معيَ فلسٌ واحدٌ!»

لم يَكترِثْ أحدٌ بصيحاتِ جاسمٍ وبدؤوا المحاكمةَ.

جلسَ القاضي على مقعدٍ خشبيٍّ وتوجَّهَ إلى القرصانِ قائلًا: «أنتَ متَّهمٌ بسرقةِ الأموالِ والتعدِّي على السفنِ التجاريةِ، وتهديدِ أمنِ البحارةِ، والسفنِ التجاريةِ».

قالَ القرصانُ: «لمْ أهاجمْ يومًا سفينةً تجاريةً».

قالَ القاضي: «لدينا مئاتُ الشهاداتِ ضدَّكَ».

ردَّ القرصانُ: أينَ هيَ هذه الشهاداتُ؟»

فأجابَ القاضي: «معَ القائدِ».

التفتَ القاضي نحوَ القائدِ، فقالَ الأخيرُ: غرِقتْ في البحرِ، اختفتْ.

ضحِكَ القائدُ ومساعدوهُ.

سألَ القاضي القرصانَ: «هل لديكَ شهودٌ يشهدون أنكَ لمْ تسرقْ؟»

أجابَ القرصانُ: «اسألْ أهلَ خورِ حسانَ وأهلَ الزُّبارةِ، اسألْهمْ كيفَ عادتْ إليهمْ أموالُهم التي سرقَها اللصوصُ وهربوا بها عبرَ البحرِ. اسألِ الصيادينَ كيفَ عادتْ إليهمْ مراكبُهم الخشبيةُ الصغيرةُ، اسألِ النواخذةَ (قادةَ السفنِ) والطواشين (تجارَ اللؤلؤِ) كيفَ

عـادتْ إليهـم اللآلـئُ».
لمْ يكـترثِ القـاضي بـكلامِ القرصانِ، بـلْ نظـرَ إليـهِ وقـالَ بصـوتٍ عـالٍ:
«نحكـمُ عليـكَ بالسـجنِ المؤبـدِ في سـجنِ خورِ حسَّـانَ».
صاحَ جاسمٌ معترضًا: «مستحيلٌ! هذا ظلمٌ! ظلمٌ كبيرٌ».
أضافَ القاضي: «ارموا هـذا الطفلَ في قاربٍ ليعودَ إلى أهلِهِ».
انفضَّـت الجلسـةُ، وذهـبَ القـاضي مـعَ القائـدِ لتنـاولِ وجبـةٍ مـنَ السـمكِ المشـويِّ.
نظرَ القرصانُ إلى جاسمٍ، فقرأَ في عينيْهِ الكثيرَ منَ الكلامِ.
كانَ جاسـمٌ يريـدُ أنْ يقـولَ للقرصـانِ إنَّـهُ سـينجو وإنَّـهُ سـيخلِّصُهُ بنفسـهِ.
ابتسمَ القرصانُ لجاسمٍ.
واقْتِيـدَ القرصـانُ وأتباعُـهُ إلى سجنٍ صغيرٍ في قلـبِ السـفينةِ، وبقـيَ جاسـمٌ مكبـلًا بالأصفـادِ يـتظـرُ مصيـرَهُ.

الفصلُ السابع

وُضِعَ جاسمٌ في قاربٍ صغيرٍ بعدَ أن فكَّ مرافقو القائدِ أغلالَهُ.

أنزلوهُ إلى البحرِ وهمْ يقولونَ: «أبْحِرْ حيثُ تشاءُ، لكنْ احذرْ! إذا رأيناكَ مجددًا فسنُغرِقُ مركبَكَ».

ابتعدَ جاسمٌ عنِ السفينةِ حتى غابتْ عنْ ناظريْهِ. انتظرَ قدومَ الليلِ ثمَّ أبحرَ عائدًا إليْها.

بينما الجميعُ نيامٌ، تسلَّلَ جاسمٌ خِلسةً إلى السفينةِ، ومشى بحذرٍ شديدٍ حتى وصلَ إلى السجنِ.

وجدَ القرصانَ مستيقظًا، فأشارَ لهُ ألا يُحدثَ أيَّ صوتٍ.

حينَ اقتربَ جاسمٌ منْ قُفلِ السجنِ اهتزَّ المفتاحُ العجيبُ في جيبِهِ.

أخرجَ جاسمٌ المفتاحَ وفتحَ بابَ السجنِ.

تذكَّرَ جاسمٌ جدَّه عندما قالَ لهُ إنَّ المفتاحَ سيحُلُّ مشاكلَهُ كلَّها.

همسَ لنفسِهِ: «شكرًا يا جدِّي».

أيقظَ القرصانُ مساعديهِ وطلبَ منهم الخروجَ ببطءٍ، ثم لحقَ بهم.

قادَ جاسمٌ القرصانَ ورفاقَهُ نحوَ القاربِ الصغيرِ. لكنهُ لم يكنْ ليتَّسِعَ لهمْ جميعًا.

اقترحَ القرصانُ أنْ يأخذوا قاربًا آخرَ.

كانَ القرصانُ يعرفُ أينَ تُوضعُ القواربُ الصغيرةُ في السفنِ الضخمةِ.

وبينما القرصانُ يُحررُ أحدَ القواربِ، ويُنزلُها إلى الماءِ، وقعتِ المرساةُ فجأةً، وأحدثتْ صوتًا عاليًا.

استيقظَ القائدُ وجنودُهُ وأخذوا يبحثونَ عنْ مصدرِ الصوتِ.

سُرعـانَ مـا انكشـفَ أمـرُ جاسـمٍ والقرصـانِ، فقفـزوا في القاربـينِ، وراحـوا يجذِّفـون بسرعـةٍ هائلـةٍ.

أطلـقَ القائـدُ القنابـلَ والرصـاصَ بكثافـةٍ، لكـنَّ القرصـانَ ورفاقَـهُ وصلـوا إلى شـاطئِ خـورِ حسـانَ بأعجوبـةٍ.

كانَ بعـضُ الصياديـنَ مـنْ أهـلِ خـورِ حسَّـانَ يسـتعدُّون للانطـلاقِ في رحلـةِ صيـدٍ، ورأَوا القرصـانَ ومـنْ معـهُ يرسـونَ عنـدَ الشـاطئِ وهـمْ متعبـونَ للغايـةِ.

اقـتربَ جاسـمٌ مـنْ أهـلِ خـورِ حسَّـانَ وأخبرَهـم بمـا جـرى: «هـذا هو القرصـانُ الـذي يسـطو عـلى سـفنِ القراصنـةِ، ليُعيـدَ للنـاسِ أموالَهـمْ، والآنَ سـيُوضعُ في السـجنِ مـدى الحيـاةِ. أرجوكـم أن تسـاعدوهُ. لقـدْ أحـضروا رجـلًا مجهـولًا يدَّعـي أنـه القـاضي، وقـد حكـمَ عـلى القرصانِ بالسـجنِ مـدى الحيـاةِ عـلى مـتنِ السـفينةِ. مـا هـذهِ المحاكمـةُ غـيرُ العادلـةِ؟ عـلى مـتنِ سـفينةٍ؟ هـل هـذا عـدلٌ؟ هـل هـذا معقـولٌ؟»

أجابَ الناسُ جميعًا: «لا، لا. ليسَ معقولًا. ليسَ عدلًا».

رحَّبَ الأهالي بالقرصانِ.

قـالَ أحدُهـم: «إننـا ننتظـرُ هـذه الفرصـةَ منـذُ زمـنٍ، نريـدُ أن نشـكرَكَ عـلى معروفِـكَ ومسـاعدتِكَ لنـا».

فجأةً لاحتْ سفنُ القائدِ البحريِّ الذي يريدُ سَجْنَ القرصانِ.

قـالَ أحـدُ مسـاعدي القرصـانِ: «إنهـم كُـثْرٌ ومسـلحونَ، ولـنْ نسـتطيعَ التصـديَ لهـمْ. ليـسَ معنـا أيُّ سـلاحٍ!»

صاحَ جاسمٌ: «أريدُ زيارةَ بيتِ أجدادي، إنه في وسطِ المنطقةِ؟»

قالَ أحدُ الصيادينَ: «أنا سآخذُكم إليْهِ».

ذهبَ جاسمٌ والقرصانُ ورفاقُهُ إلى بيتِ أجدادِهِ.

استفسرَ القرصانُ منْ جاسمٍ بقولِهِ: «ما الذي تنوي فعلَهُ؟»

قالَ جاسمٌ: «هذا منزلُ أجدادِ جدِّي، لا بدَّ أن يساعدونا».
حينَ وصلَ جاسمٌ إلى البيتِ، بدا مختلفًا عن بيتِ جدِّهِ. فقدْ كانَ مبنيًّا منَ الطوبِ ومسقوفًا بسعفِ النخيلِ.
اقتربَ جاسمٌ منَ البابِ، فاهتزَّ المفتاحُ العجيبُ.
فتحَ جاسمٌ البابَ ودخلَ معَ القرصانِ ورفاقِهِ.
حينَ عبروا البابَ وجدوا أنفسَهمْ فوقَ جزيرةٍ.
إنها الجزيرةُ التي أرادَ القرصانُ اللجوءَ إليها.
فرِحَ القرصانُ كثيرًا وقدَّمَ الشكرَ لجاسمٍ على مساعدتِهِ.
أجابَ جاسمٌ: «لا شكرَ على واجبٍ. هذهِ الجزيرةُ آمنةٌ، وستعيشونَ فيها كما يطيبُ لكمْ منْ دونِ مضايقاتٍ».
القرصانُ: «ما يضايقُني الآنَ هو أن البعضَ يصدِّقُ أنني شريرٌ».
جاسمٌ: «لا تقلقْ. سأكتبُ قصتَكَ وسيعرفُها الجميعُ».
أخرجَ جاسمٌ الرسالةَ، وبحثَ عنْ قلمٍ ليكتبَ، لكنَّهُ دُهِشَ حينَ رأى الكلماتِ تُكتبُ وحدَها، وتُشِعُّ بنورٍ قويٍّ.
ازدادَ النورُ وحُمِلَ جاسمٌ مجددًا إلى غرفتِهِ.

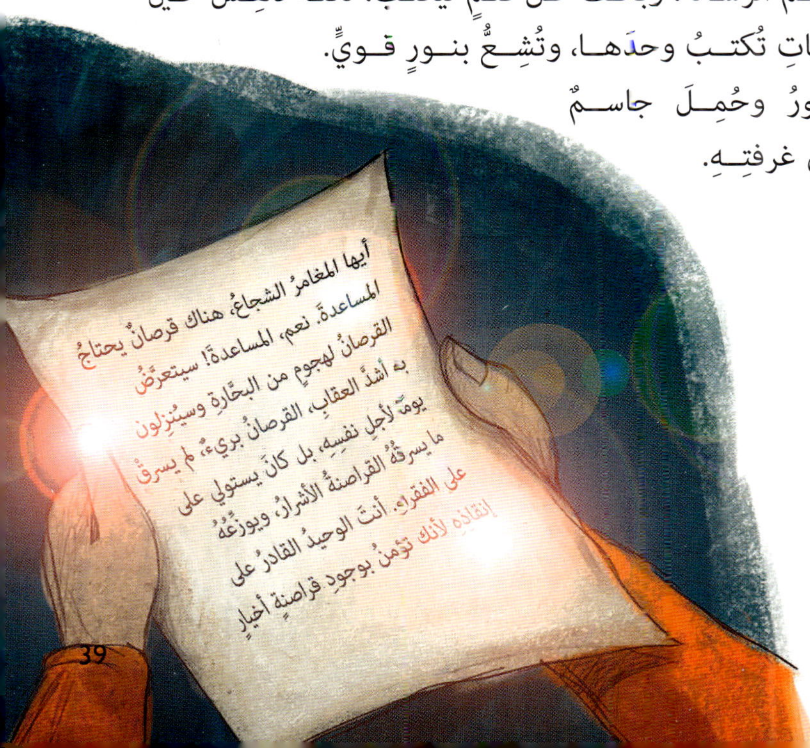

الفصلُ
الثامن

ظلَّ جاسمٌ مذهولًا بضعَ دقائق.

حاولَ أن يتأكَّدَ من أنهُ عادَ بالفعلِ إلى الحاضرِ.

نظرَ حولَهُ فوجدَ البِشْتَخْتَةَ وعادتِ الرسالةُ فارغةً منْ دونِ حرفٍ واحدٍ.

نادى جاسمٌ بأعلى صوتِهِ: «جدِّي، جدِّي».

كانتِ الجوري تحملُ الحلوى المُزَيَّنَةَ لأخيها حينَ سمعتْهُ ينادي، فأسرعتْ، ودخلتْ إلى غرفةِ جاسمٍ وهي تسألُ: «ما الأمرُ؟ ماذا حدثَ؟»

قالَ جاسمٌ: «عندي حكايةٌ عجيبةٌ غريبةٌ!»

قدَّمتِ الجوري الحلوى لجاسمٍ: «ألا تريدُ بعضَ الحلوى؟»

جاسمٌ: «قصتي أحلى منَ الحلوى!»

دُهشتِ الجوري، وازدادتْ دهشتُها وهيَ ترى أخاها يسرِعُ بحثًا عنْ جدِّهِ ليخبرَهُ بالمغامرةِ التي عاشَها.

بينما جاسمٌ في طريقِهِ إلى المجلسِ، اصطدمَ بعبدِ اللهِ، فسألَهُ: «ما بكَ؟ لمَ تبدو مسرعًا؟»

أجابَ جاسمٌ بفرحٍ: «القرصانُ الطيبُ! إنَّهُ موجودٌ! إنَّهُ حقيقةٌ!»

صُدمَ عبدُ اللهِ وقالَ: «ماذا؟ هل كنتَ تحلمُ؟»

جاسمٌ: «لا، الحقْ بي وسأخبرُكَ بكلِّ شيءٍ، تعالَي يا أختي معنا».

دخلَ جاسمٌ إلى مجلسِ جدِّه الذي كانَ ينتظرُهُ.

سألَ الجدُّ: «هاه! ألمْ أخبرْكَ أنَّ حلمَكَ سيتحققُ؟ لكنْ لكلِّ أمنيةٍ أوانُها ووقتُها، فقط علينا أنْ نصدِّقَها.

جاسمٌ: «صدقتَ يا جدِّي».

الجوري: «ألنْ تتذوقوا الحلوى التي صنعتُها معَ أمي؟»

راحَ جاسمٌ يحكي للجميعِ حكايةَ القرصانِ، وهو يكادُ يطيرُ منَ الحماسةِ والفرحِ.